Loi n° 49-956 du 16 juillet 1949 sur les publications
destinées à la jeunesse.
Rédaction : Anne Marchand Kalicky.
Maquette : NoOok. Dépôt légal : octobre 2021.
Achevé d'imprimer en août 2023
par Pollina en France - 47531. Édition 03.

PAPIER À BASE DE FIBRES CERTIFIÉES

hachette s'engage pour l'environnement en réduisant l'empreinte carbone de ses livres. Celle de cet exemplaire est de :
350 g éq. CO_2
Rendez-vous sur www.hachette-durable.fr

nickelodeon

PAW PATROL

LA PAT' PATROUILLE

MISSION SPÉCIALE NOËL

hachette
JEUNESSE

C'est bientôt Noël ! Et au pôle Nord, les lutins s'occupent des derniers préparatifs. Percy, l'un d'entre eux, doit partir vérifier la carte officielle de la tournée du Père Noël. Elle lui permet de voir exactement où il doit passer pour distribuer les cadeaux.

— Nom d'un grelot, je dois filer ! dit-il au Père Noël, en avalant un beignet à la cannelle.

L'esprit de Noël règne aussi à la Grande Vallée. Tracker, Zuma et Rocky ont fabriqué un Père Noël de neige tandis que Ryder, Chase et Marcus observent Stella mettre la grande étoile au sommet du sapin installé sur la place.

Madame Goodway ne résiste pas à l'envie d'entonner un chant de Noël avec Al, la fermière Yumi et le capitaine Turbot.

— *Noël arrive dans la Grande Vallée... La, la, la, la...* Quelle joie sur la place !

Malheureusement, ce sont le maire Hellinger et ses chatons qui arrivent ! Madame Goodway remarque l'air joyeux qu'affiche le maire de Foggy Bottom. Il lui explique :

— Le Père Noël va m'apporter le cadeau le plus génial de ma liste : un doudou-chaton tout doux à câliner et à dorloter !

Pourtant, il n'a pas été très sage ces derniers temps…

Pendant ce temps, le lutin Percy approche de la Grande Vallée aux commandes de son traîneau à propulsion.

— Ah oui ! La Grande Vallée regorge de gens et de chiens très gentils, dit-il en observant sa carte. Je dois m'assurer que le Père Noël passera bien chez chacun d'eux.

Mais il ne voit pas qu'il est en train de foncer sur l'enseigne en forme de gobelet géant du restaurant de Monsieur Porter. Aïe ! Il la percute et tombe dans la neige. En reprenant ses esprits, il réalise qu'il a perdu la carte…

Hellinger passe par là tandis qu'un de ses chatons retrouve la carte de Percy.

— Merci ! dit le lutin. Sans cet itinéraire, le Père Noël ne saurait pas dans quelles maisons passer !

Le maire Hellinger observe la carte par-dessus son épaule et remarque un autocollant avec une tête pas contente sur Foggy Bottom. Percy explique :

— Apparemment, là-bas, personne ne mérite de recevoir la visite du Père Noël.

Hellinger comprend qu'il va être privé de cadeaux ! Il chuchote à ses chatons :

— Je dois absolument voler cette carte et la modifier avant que le Père Noël ne la voie. Je sais, je vais attirer l'attention des habitants de la Grande Vallée. Alerte ! Regardez tous ! Il y a un lutin du Père Noël ici ! se met-il à hurler malgré les interdictions de Percy.

Les habitants de la ville se précipitent pour voir le lutin. Tracker, surtout, est ravi : il rêve de voir le Père Noël un jour, alors un lutin, c'est déjà incroyable !
Tout le monde a des tas questions à poser à Percy :

— Tu aides à distribuer les jouets ? Est-ce que le traineau va vite ? Tu connais les rennes ? demandent les chiots.

De son côté, le maire Hellinger en profite pour voler la carte de Percy et changer l'itinéraire pour recevoir plein de cadeaux ! Pire, il la déchire en deux et se débarrasse de la partie qui concerne la Grande Vallée. Puis il vole l'Air Patrouilleur et se rend au pôle Nord pour donner la carte au Père Noël.

Dans la Grande Vallée, Percy se désole : non seulement il a perdu sa carte mais en plus son traîneau à propulsion est en panne.

— On peut l'aider, nous ! Pas vrai, Ryder ? demande Tracker.

— Mais oui, ne t'inquiète pas, Percy ! Aucune carte n'est introuvable, car mes amis, ils assurent ! répond Ryder avant d'appeler ses chiots. Pat' Patrouille, rassemblement !

Tous rejoignent la Tour de Contrôle et se rangent devant Ryder qui leur explique la situation :

— J'ai bien peur qu'on ne puisse pas fêter Noël tant qu'on n'aura pas aidé Percy. On doit retrouver la carte de la tournée du Père Noël et réparer le traîneau à propulsion, sinon, le Père Noël ne pourra pas apporter de cadeaux aux enfants. Pour cette mission, j'ai besoin de Chase : tu vas chercher la carte en te servant de ton flair et de ton drone.

— L'agent Chase est sur le coup pour sauver Noël !

– J’ai aussi besoin de Rocky. Tu vas réparer le traîneau à propulsion de Percy pour qu’il puisse vite rentrer chez lui.

— Réparer, c’est bien joué… pour rentrer au pôle Nord !

— Parfait ! La Pat’ Patrouille part en mission spéciale Noël !

Ryder, Chase et Rocky rejoignent Percy. Rocky essaie aussitôt de réparer le traîneau tandis que, grâce à son flair et à son drone, Chase retrouve un morceau de la carte.

— C'est la partie où se trouve la Grande Vallée ! explique Percy. Si le Père Noël n'a pas ce morceau, il ne saura pas qu'il doit passer par ici !

Soudain, l'Air Patrouilleur passe au-dessus de leurs têtes tandis que Chien-Robot se pose devant eux et leur révèle qui est à l'origine de ce mauvais coup : Hellinger ! Ils doivent absolument aller au pôle Nord pour prévenir le Père Noël avant l'arrivée du maire.

— Tous au Pat' Patrouilleur !

En chemin, et tandis qu'ils suivent l'Air Patrouilleur jusqu'au pôle Nord, Ryder décide d'appeler Everest pour l'aider en cas de besoin. Puis il contacte Hellinger pour lui faire changer d'avis mais ce coquin de maire refuse de rendre l'Air Patrouilleur et la carte de Percy. Il arrive ainsi au pôle Nord avant tout le monde.

Il se pose devant la maison du Père Noël en se faisant passer pour Helli, un nouveau lutin.

— Père Noël, je vous apporte l'itinéraire officiel de votre tournée ! Regardez, il y a plusieurs autocollants sur Foggy Bottom. Les gens ont été très sages, là-bas… Surtout Monsieur le Maire ! ment-il avant de prendre la fuite pour attendre ses cadeaux, surtout son doudou-chaton tout doux.

Pendant ce temps, en mettant les gaz pour prendre de l'avance sur Hellinger, le Pat' Patrouilleur s'est enlisé dans la neige. Ryder appelle Everest pour dégager les pneus du camion. Grâce au husky et son chasse-neige, la Pat' Patrouille repart en mission !

De son côté, Hellinger a perdu le contrôle de l'Air Patrouilleur ! Il s'est écrasé et se retrouve bloqué dans la neige.

— À l'aiiiide ! Je vais me transformer en glaçon ! appelle-t-il.

Tracker l'entend aussitôt. Sauveteurs avant tout, Ryder et les chiots décident d'aller lui porter secours.

Une fois sur place, la Pat' Patrouille cherche un moyen d'évacuer l'équipage par l'avant du véhicule. Grâce à son filin et ses outils, Tracker ouvre le pare-brise tandis que Marcus déploie sa grande échelle. La mission est un succès !

Mais Hellinger a beau présenter ses excuses et Ryder encourager tout le monde à garder l'esprit de Noël, c'est trop tard ! Le Père Noël va faire sa tournée avec la mauvaise carte, personne à la Grande Vallée n'aura de cadeaux et la fête sera gâchée…

Soudain, Rocky surgit du Pat' Patrouilleur aux commandes du traîneau à propulsion de Percy. L'engin est réparé, c'est la magie de Noël ! Percy doit se dépêcher d'apporter l'autre morceau de la carte au Père Noël. Il fonce au pôle Nord, suivi par la Pat' Patrouille.

— Père Noël, attendez ! Il manquait une moitié à la carte de votre tournée.

— Mais oui, la Grande Vallée ! s'exclame le Père Noël en reconstituant la carte. Il ne faut pas priver de cadeaux ses gentils habitants. Merci, Percy !

— À vrai dire, c'est Ryder et la Pat' Patrouille, qu'il faut remercier ! Surtout Tracker : il vous adore !

— Bravo à tous, c'est vraiment ça, l'esprit de Noël. J'aimerais pouvoir rester discuter avec vous, mais je vais avoir du retard.

— Hum, je peux vous aider ? propose soudain Hellinger. J'aimerais me faire pardonner, parce que… je n'ai pas toujours été très sage.

— Content de te revoir, Helli, dit le Père Noël. Si toi et la Pat' Patrouille, vous arrivez à charger quelques cadeaux dans votre bel avion, ça m'aiderait beaucoup.

— La Pat' Patrouille repart en mission spéciale Noël !

Waouh, Tracker a même le droit de monter dans le traineau du Père Noël ! Ho-ho-ho ! La tournée commence et tout le monde est très gâté… Même Monsieur Hellinger !

— La Pat' Patrouille, merci de m'avoir aidé, dit Percy au lever du jour.

— C'est normal ! Si vous avez besoin d'aide pour sauver Noël, il suffit de nous appeler !